春语

平凹题

韩仕伟 著

陕西新华出版
陕西旅游出版社
·西安·

图书在版编目（CIP）数据

春语 / 韩仕伟著 . —西安：陕西旅游出版社，
2021.1（2025.3 重印）

ISBN978-7-5418-4038-8

Ⅰ . ①春… Ⅱ . ①韩… Ⅲ . ①诗集—中国—当代
Ⅳ . ① I227

中国版本图书馆 CIP 数据核字 (2021) 第 011061 号

CHUNYU
春　语　　**韩仕伟 著**

责任编辑：贺　姗
出版发行：陕西旅游出版社
（西安市曲江新区登高路 1388 号　邮编：710061）
电　　话：029-85252285
经　　销：全国新华书店
印　　刷：永清县晔盛亚胶印有限公司

开　　本：787mm × 1092mm　1/16
印　　张：8.75
字　　数：50 千字
版　　次：2021 年 1 月　第 1 版
印　　次：2025 年 3 月　第 2 次印刷
书　　号：ISBN978-7-5418-4038-8

定　　价：47.00 元

诗意的人生

——读韩仕伟先生旧体诗集《春语》

肖云儒

1. 情怀

作家林语堂说：“宗教无非是一种灵感，一种活跃着的情绪。中国人……在诗歌中发现了这种灵感和活跃情绪。”“诗歌教会了中国人一种生活观念，通过谚语和诗卷深切地渗入社会，给予他们一种悲天悯人的意识，使他们对大自然寄予无限的深情，并用一种艺术的眼光来看待人生。诗歌通过对大自然的感情，医治人们心灵的创痛；诗歌通过享受简朴生活的教育，为中国文明保持了圣洁的理想。”

请看这两首诗词：

浣溪沙·四乐

客路仕途白了头，良辰美景趁时游。赏心乐事老来收。顺应自然上天意，方能活得身自由。人生至老勿贪求。

公园乘凉

夕阳晚照高楼角，东日晴空半月悬。
岸上古槐烟丝柳，南湖绿水红栅栏。
游人健身曲石径，麻雀群飞花木间。
芳草萋萋绿满地，清风徐徐拂人面。

韩仕伟先生《春语》中的每一首诗词，都能让你感受到“灵感”“活跃情绪”“悲天悯人”“简朴生活”。

2. 动荡

生活是动荡的。

韩仕伟先生出生于20世纪30年代初，从他出生到现在的几十年间是中国社会变动最激烈的时期，由于地域广阔，发展程度不一，有些地方几十年的发展跨越了好几个历史阶段，可以说是从农业社会一步跨入工业社会，再到信息社会。

韩仕伟先生的履历与一般公务人员无异，他早年在农村基层工作，后来到县里上班。他们这一代人可以被称为历史诸般形态的体验者：从内忧外患的民国到积贫积弱的新中国，再到改革开放后的40年，历经革命与战争的血火重叠，饥荒和建设的相互交织。韩老先生走过来了，他究竟是靠什么走过来的？支撑他全部人生的又是什么？他靠的就是对生活诗意的想象和信念。

读史感怀

读书写诗说序移，消磨时月白双眉。
人生一世荒野草，谁个英雄谁个泥。
贤达文人多寒士，公侯将相总惮懭。
烟尘风月一老叟，迟暮羞颜谈作为。

阅史有感

人生最怕识我真，唯此方能走红尘。
我却不知天高厚，经纶不识迷路津。
历朝开国腥血泪，千古英雄黄土坟。
几个贤良名青史，有谁如我自由身。

怀阮籍

出校初入世，时遭灾年荒。
命运时不济，天负少年狂。
长夜心声泪，整日九回肠。

仰天何从去，世路两茫茫。
谋生白两鬓，早日回家乡。
高古自我修，洁身三间房。
世事风云变，何苦去思量。
仕宦无作为，布衣心亮堂。
每日三餐饱，夜窗明月光。
淡静日月过，往事全都忘。

这些是韩仕伟先生感时伤世的诗，诗中凭吊先人，感怀历史，但却明达、透彻。这些诗是韩仕伟先生的心灵防护服，帮他度过了艰难岁月，治愈了他一身的伤痛。

3. 记忆

每个人无论是寿长或命短，成就或辉煌或平凡，人生经历或丰富或单调，生活是贫困交加还是丰衣足食，这些都只能自己去体验。在时间的长河里，这些都是实实在在的，而且随着光阴一点点流逝，由现实变为记忆。喜欢摆弄文字的人，将飘忽的记忆变为饱含深情的文字，以保留一颗跃动的心灵。在《春语》里，韩仕伟先生就喜欢将自己的心绪装进古诗词这样一种短小、紧凑、整齐、精严的形式中，以放飞生命，让人随时随地都能捕捉到他那颗活跃跳动的心。

忆甥女

去年今日此时节，甥女南山捧槐花。
甥女魂身远我去，花开谁送老夫家。

乌鸦

夜来归家正就寝，窗外鹊鸦鸣梢林。
作伴弟兄无相约，一同赏月抚我心。
人生谁说友朋少，万物皆能作知音。
至老乐天知身命，识时欢乐自我寻。

雪后长安

雨雪风停冬日暖，倚栏目送七彩云。
晴空明亮南山见，紫陌纵横洁无尘。
千古烟云名利客，长安古道几个闻。
生身命薄时不顺，看取眼前雪花银。

4. 暮年

有这样一种人：只有当他放下手头不得不干的事情，开始做他所喜欢做的事情时，他的个性才会显露出来。韩仕伟先生就是这种人。只有当社会与公务的压力消失，金钱、名誉和野心的刺激离去，他的精神才可以随心所欲地游荡，才能找到真正的自己。

退休之前，他是个勤勤恳恳的公务人员，手下的文字多是程式化的方案、报告和总结，他在用一种集体化的方式发声，那里没有自我，没有一个有血有肉有情绪有思想的人。他公正廉洁、尽职尽责，似乎有着高大全的形象，但却“没有血性，没有性格”。

退休，意味着某种结束，公职生涯的结束；又意味着某种开始，即较为纯粹的个人生活的开始。韩老先生的个性蓦然复苏了，他进入了表达的爆发期。《春语》中大多首诗都反映的是他退休后的生活。

清平乐

春光灿烂，千树桐花艳。老朽每日去晨练，日月渭城时变。

三秦古道东风，吹开百花争妍。千古物华天府，如今昌盛兴隆。

公园纳凉

夕阳艳丽湖水漫，万里晴空半月悬。
夹道中槐绿荫重，南湖烟雨杨柳天。
乌鸦觅食曲石径，蜂蝶采蜜花蕊间。
芳草萋萋乱虫飞，清风林木飞鸟穿。

茶

清风凉夏暑，林木绿荫肥。
饮茶南窗坐，斜阳光影微。
修身习心性，怀古诗笔提。
坐地观天远，思绪任远飞。

诉衷情·拉家常

同居一室养天年，闲坐话从前。光阴岁月如梭，风雪两鬓斑。

时代变，有吃穿，不缺钱。有谁个说，昔日穷酸，至老福甜。

晨练、纳凉、喝茶、会友、拉家常都入诗了。不管岁月荏苒、时光变迁，一支烟，一壶茶，一个孩子的笑声，就是我们生活的永恒意义。

读韩仕伟先生的《春语》，让人最大的感受是：诗意地栖居和生活是可能的。只要你坚持诗意的情怀，一点一滴用诗来改造日常生活，你一定会拥有一个诗意的人生。

目　录

诗：静看人间事 / 1

老家居·其一 / 2

老家居·其二 / 3

老家居·其三 / 3

病中思母 / 4

病中有感 / 4

雪后长安 / 5

饮　茶 / 5

跌　伤 / 6

不寐思母 / 6

秋回家 / 7

登华山 / 7

思　母 / 8

桂　树 / 8

去美国 / 9

阅　史 / 10

退　休 / 10

梦回桃库 / 11
老生·其一 / 12
老生·其二 / 12
老生·其三 / 13
感　时 / 13
病　卧 / 14
春　雷 / 14
晨起有感 / 15
读史有感 / 15
思老家·其一 / 16
思老家·其二 / 16
思　生 / 17
陋室·其一 / 17
陋室·其二 / 18
陋室·其三 / 18
渭城春晚 / 19
阅史有感 / 19
晚岁乐 / 20
一　日 / 21
晨起无思 / 22
感　怀 / 22
闲居·其一 / 23

闲居 · 其二 / 24
闲居 · 其三 / 24
闲居 · 其四 / 25
至　老 / 25
思先贤 / 26
老　家 / 26
饭后逛大街 / 27
渭　堤 / 27
闲　思 / 28
公园乘凉 / 28
退职居家 / 29
富　平 / 30
渭　城 / 30
自　我 / 31
华山温泉 / 31
读史感怀 / 32
霾 / 32
中华郡 / 33
忆甥女 / 33
清　明 / 34
思　孙 / 34
乌　鸦 / 35

渭堤漫步 / 35
晚春玩牌 / 36
停电爬楼梯 / 36
老来乐 / 37
荒年到富平 / 37
夕　阳 / 38
回老家 / 38
姐弟回老家 / 39
梅 / 39
按摩椅 / 40
郊　游 / 40
会故人 / 41
同学会 / 41
五丈原 / 42
送　姊 / 43
月夜静思 / 43
退　职 / 44
梦在富平工作 / 44
感　时 / 45
华山·其一 / 45
华山·其二 / 46
华山·其三 / 46

思在富平工作·其一 / 47
思在富平工作·其二 / 47
远望南塬 / 48
思母亲 / 49
姊 / 49
怀阮籍 / 50
读史有感 / 51
楼　望 / 51
晨　练 / 52
同窗相见 / 52
玩　牌 / 53
一　天 / 53
家住·其一 / 54
家住·其二 / 54
名　利 / 55
退　休 / 55
咏桂树 / 56
秋　高 / 56
孙回国 / 57
练　步 / 59
倚楼观三秦 / 59
时　变 / 60

重回桃曲坡水库 / 60
茶 / 61
孤　雁 / 62
痛　感 / 62
八一感怀 / 63
昆明池 / 64
夜不眠·其一 / 64
夜不眠·其二 / 65
大　雁 / 65
退休感怀 / 66
三年三上华山 / 66
麦熟归乡 / 67
月夜无眠 / 67
麻　雀 / 68
建　坟 / 68
携姊亲四人游太白 / 69
老　家 / 69
秋　爽 / 70
眉县宿科研站 / 71
三　秦 / 71
楼观·其一 / 72
楼观·其二 / 72

华山清心酒店 / 73
大明宫 / 73
甥女亡故一年 / 74
莲　藕 / 74
月夜感怀 / 75
泡温泉 / 75
返　富 / 76
居家有感 / 76
荆塬感怀 / 77
楼　屋 / 77
词：流年渐觉时光短 / 79
玉楼春·时变 / 80
诉衷情 / 80
人月圆·老居家 / 81
虞美人·老家居 / 82
浣溪沙·四乐 / 82
临江仙·腊八 / 83
鹧鸪天·其一 / 83
鹧鸪天·其二 / 84
鹧鸪天·其三 / 84
鹧鸪天·楼观 / 85
渔家傲·病思老家 / 85

清平乐 / 86
玉楼春·雾霾 / 86
鹧鸪天·咖啡街 / 87
浣溪沙·孙去美国 / 87
临江仙·忆同学会 / 88
虞美人·冬雪 / 89
玉楼春·回富忆初 / 89
浣溪沙·思孙 / 90
减字木兰花·病身楼望 / 90
浣溪沙 / 91
浣溪沙·冬日高楼 / 91
玉楼春·清明 / 92
浣溪沙·惜春 / 92
玉楼春 / 93
浣溪沙·回老家 / 93
浣溪沙·去美国 / 94
浣溪沙·在美国与家人共度除夕 / 94
临江仙·异国度除夕 / 95
浣溪沙·返富思前 / 95
鹧鸪天 / 96
中吕·阳春曲 / 96
诉衷情·拉家常 / 97

木兰花·月夜思浮生 / 97
忆王孙·荒年来富 / 98
太常引 / 98
清平乐·雨打樱花 / 99
清平乐·返富 / 99
玉楼春 / 100
破阵子·渭城 / 101
玉楼春·富平遇熟人 / 101
清平乐·立夏 / 102
浣溪沙·渭城新貌 / 102
浣溪沙·思母 / 103
蝶恋花·梦母弟 / 103
临江仙·端午 / 104
玉楼春·渭城新貌 / 104
蝶恋花·荆塬思前 / 105
采桑子·秋 / 105
蝶恋花·秋思 / 106
渔家傲·五丈原思身 / 106
蝶恋花·家住 / 107
采桑子·同学会 / 108
浣溪沙·秋日雨过 / 109
清平乐·古道 / 109

中吕宫·年老 / 110
捣练子·雾霾降温 / 111
清平乐·登华山 / 112
采桑子·菊花 / 112
西江月·初到富平工作 / 113
蝶恋花 / 113
清平乐·华阴清心温泉 / 114
散文：冰心玉壶老头 / 115
乡　归 / 116
忆　生 / 116
重上华山 / 118
闲居自乐 / 120
晚　年 / 120

[诗]

静看人间事

老家居·其一

清溪一曲东沟流，村落斜阳树梢头。
田野清新禾苗秀，南山紫气白云浮。
夫妻对坐闲碎语，麻雀房前声啾啾。
一日三餐青衣素，白头路上复何求。

老家居·其二

轻风拂身衣，草木绿村围。
拔地禾苗长，燕泥椽木归。
晨光珠露晶，村落朝阳晖。
洁桂玉青竹，伴余远愁眉。

老家居·其三

退休身自由，四海五洲游。
静看人间事，心悠草木秋。
知时亦知足，习性把身修。
漫步田间路，月明白老头。

病中思母

病床辗转白发银，不寐夜长思娘亲。
父去方知情远近，磨年度日岁月辛。
寒星冷月斑竹泪，酷暑雪霜弱病身。
少食缺衣空屋困，明灭灯光达旦晨。

病中有感

冬日白云收，黄红光色柔。
斜阳感恩寺，斑彩钟鼓楼。
染病身难受，急煎白发头。
何时行动便，来去身自由。

雪后长安

雪住风停冬日暖，倚楼目送七彩云。
晴空明亮南山见，紫陌纵横洁无尘。
千古烟云名利客，长安古道几个闻。
生身命薄时不顺，看取眼前雪花银。

饮　茶

门闭客稀卧深冬，窗前落叶弄北风。
惜春未必只年少，晚岁皆云一老翁。
独酌香茶南山看，挥毫笔墨舒心胸。
一年四季随心意，一日三餐味香浓。

跌 伤

云开光影到楼前，冬日楼台乍暖寒。
思想谋生一小县，尘埃黄土两鬓斑。
情知自信惹祸患，不慎跌倒骨身残。
山河不老人自老，晏如生活顺自然。

不寐思母

忆记儿时岁月辛，早年离父母断魂。
伶仃无有人怜念，恶语冷言时相闻。
吃穿用度母无奈，求得教书微薄薪。
白日家校来回苦，夜来望月泪湿巾。

秋回家

天长地久三间房，日久不回心发慌。
一路心思少儿事，同窗喜见语衷肠。
田间麦草珠露晶，柿树枝空果实黄。
渭水东流南山望，清风明月好家乡。

登华山

霜降放晴华山近，老夫踏登蓝天云。
东山日出西月半，迟暮年华乐开怀。
秋日光和天高远，一路人群笑语频。
人民生活日益好，万里山河气象新。

思　母

仕途受阻荒年灾，孤苦伶仃伤断肠。
日暮耿耿难入睡，秋风瑟瑟雁南翔。
整日心忧空房守，高树蝉鸣思老娘。
酷暑风霜四时过，月明星海夜未央。

桂　树

庭院桂花放清香，四邻言笑都沾光。
青枝绿叶洁明净，八月花开黄绿妆。
两棵冬青护家院，十株玉竹立南墙。
移栽杏树参天半，何日时来好端详。

去美国

远渡三洋天际游，梦醒一夜纽约州。
坐云揽月天宫过，华尔大街高楼留。
双眼望穿人前后，孙儿相见喜眉头。
春来冬去寒欲尽，寿夭不论一老秋。

阅 史

始皇一统二世亡，高祖江山忠臣丧。
炀帝乱宫风烟起，长生殿里不久长。
兵权杯酒徽钦困，阉党专权乱纲常。
封建王朝时日尽，列强犯境痛肝肠。

退 休

长安路上步难行，家住友邻乡土情。
一日三餐清欢味，四时怀古笔墨耕。
老来莫要讨人嫌，身健远胜身后名。
白日烟茶来相伴，夜来云月好弟兄。

梦回桃库

懒起日高楼四围，光暖南窗雀雁飞。
游遍山河人自老，目穹千古输赢棋。
诗书经史寻乐趣，烟草茗茶一生随。
谁说书生一无用，八年斗水留燕泥。

老生·其一

春来冬去白发多，鸿雁晴空放高歌。
庭坐无聊诗书阅，卧床抱病心平和。
白云朵朵远天边，明月皎皎放清波。
淡静自如是哪个，高楼老叟茶香螺。

老生·其二

一生劳苦岁月辛，职守常年事业真。
不谙人间伦理道，不明世路仕途津。
游山古木参天见，方信闲人是福人。
岁晚自知时日短，惜春养性自我珍。

老生·其三

至老病相依，岁移毛发稀。
梦醒高日起，光照斜阳晖。
闲坐诗书看，好诗扣心扉。
每日楼景观，身爽心神怡。

感　时

客居黄土塬，俯仰二三年。
敬专人民事，看轻名利权。
桌牌寻乐趣，坐爱茶书前。
生就穷酸命，何须怨苍天。

病 卧

老夫病体温尚存，躺卧轮椅腰腿伸。
百事了无白发叟，吃穿够用不贪心。
春风秋月悠闲赏，糊里糊涂梦游魂。
日子舒心精神爽，悠然自在一平民。

春 雷

烟花三月春光柔，杨柳雪花白云收。
麻雀成群闹庭院，飞鸿一字上高楼。
终南紫气千秋雪，渭水东风天际流。
地动山河凯歌奏，春雷华夏誉满球。

晨起有感

睡迟懒起东日高，一觉梦醒百愁消。
春日晴和天色好，夫妻台坐闲话聊。
中庭两盆花木赏，食饱三餐到明朝。
美好时光知多少，白头至老亦逍遥。

读史有感

千古英雄荒郊悲，功名路上尘土泥。
北风摇落草木枯，冬雪霜侵暗天低。
莫在空房守寂寞，清茶一杯笔诗提。
古稀年月无多少，珍惜黄昏夕阳晖。

思老家·其一

老夫年事白发华，岁晚总思回老家。
村落绿围禾苗秀，晴空鸦鹊叫喳喳。
世人都说桃源好，我看我乡不相差。
村外广场健身罢，烟茶坐看院树花。

思老家·其二

老家新盖房三间，来去自由好偷闲。
空气清新天高远，山明水绿青禾田。
门开群雀迎我笑，院坐乡邻遍闲传。
饭罢田间信步转，夜来明月星海观。

思　生

田间尘土半春秋，枯树乌鸦声啾啾。
出校烟消青云志，谋生职守白了头。
自知途阻无成就，何苦辛劳不肯休。
两代人间一过客，泉台路上颜面羞。

陋室·其一

陋室南窗白云天，老来事少亦悠闲。
书架放置东墙下，千古翻看寻心欢。
南北通风精神爽，光明透亮心地宽。
素衣茶食身康健，宁静清虚日月弹。

陋室·其二

城南居室偏，少有人车喧。
来客老稀少，是非远离门。
玉壶常在手，菊花三两盆。
百事人间了，心牵是吾孙。

陋室·其三

杜门谢客诗书看，倚立楼栏南山观。
度岁应知时境迁，心长但觉天地宽。
时闲处处堪行乐，晴好常常游山川。
知足自娱少嗟怨，顺从万物大自然。

渭城春晚

渭城风雨后，春色时来迟。
明月高楼照，流光绿树围。
街灯红万盏，杨柳丝千垂。
适值故人遇，笑谈忘却归。

阅史有感

人生最怕识我真，唯此方能走红尘。
我却不知天高厚，经纶不识迷路津。
历朝开国腥血泪，千古英雄黄土坟。
几个贤良名青史，有谁如我自由身。

晚岁乐

春色何来迟，邻鸡声声啼。
食罢楼栏立，初日南窗移。
烟云笼田野，霞光林木齐。
麻雀房前叫，鸿雁碧空飞。
樱花红白瘦，中槐枝叶肥。
三月天艳丽，光和景色媚。
家乡空气好，老夫神旷怡。
思幽心头起，诗词书笔提。
悠哉安适意，乐此永岁宜。

一日

晨起清肠水，静坐沐春光。
早餐自我做，烧水茶飘香。
闲来史书看，全是兴和亡。
淡静无思念，闲适人亦慌。
黄昏携妻外，曼舞歌声扬。
千树火花开，万盏街灯亮。
时闲朋邻面，对坐拉家常。
清风明月窗，星海夜未央。

晨起无思

群雀叫窗前，惊醒白发颜。
近看花木草，远望绿田园。
取来史书阅，兴来词字填。
打发时日过，求得心中安。

感　怀

读书千古纸醉迷，胸怀乾坤壮思飞。
卧雪眠云浩然气，披星戴月笔墨挥。
不随世俗立天地，专事敬人少是非。
生活自如心安逸，身明进退知时宜。

闲居·其一

服务公家三六年，每日勤事不识官。
无为踏破鞋履袜，辛苦挣来今日闲。
放纵五湖四海观，逍遥自在壶中天。
健身养性轮椅卧，安乐黄昏百日年。

闲居·其二

门闭老夫妻，身休朋友稀。
诗书寻乐趣，最爱玩牌棋。
尽日楼景观，四时茶不离。
心宽百事了，晚照夕阳晖。

闲居·其三

无为一老翁，整日高楼中。
思想从前事，西风落叶空。
雨停晴日好，岁晚来春风。
情寄泉台路，惜时再用功。

闲居·其四

天放闲人大自然，游山玩水尽情欢。
莫言早岁风尘苦，但看昨今两重天。
识时知足是为好，日月轮回度晚年。
坐地观天心无愧，赏心乐事我老韩。

至　老

青青杨柳色，朵朵白云浮。
窗外双飞雁，高楼一老翁。
读书度日月，思过把身修。
高古两朝客，岁残傲霜秋。

思先贤

老夫纵观千秋春，笑看风尘起落人。
多少先贤名史册，何如乡野一平民。
违心形役彭泽县，诗乐仙圣李杜文。
四皓深山隐名份，子陵傲帝不人臣。

老　家

家乡洁少尘，空气鲜清新。
地僻民风纯，友邻情意真。
青山紫岚气，绿野禾苗茵。
言笑从前事，红颜白发人。

饭后逛大街

拄杖大街步履移，夕阳晚照老夫妻。
灯光七彩樱花妍，杨柳两排中槐齐。
老少天伦戏相乐，男歌女舞紧相随。
时迁境变生活好，日暮人群不思归。

渭　堤

春光明丽白云飘，莫在空房守寂寥。
漫步沙堤精神爽，乐悠天地身逍遥。
鹭鸥展翅晴空远，鸿雁北归语林梢。
边草荷塘水清浅，垂丝杨柳万千条。

闲　思

春光明丽满庭堂，夏日天干草席凉。
秋色宜人精神爽，冬梅傲雪放清香。
出尘入世心轻放，做事做人莫张扬。
日月欢娱自寻找，四时安乐在书房。

公园乘凉

夕阳晚照高楼角，东日晴空半月悬。
岸上古槐烟丝柳，南湖绿水红栏栅。
游人健身曲石径，麻雀群飞花木间。
芳草萋萋绿满地，清风徐徐拂人面。

退职居家

退职无求自由身，家居养老乡邻亲。
是非名利不相问，身体健康自为珍。
岁月从无实完美，平平淡淡做乡民。
不知不觉八旬过，生活安适乐天伦。

富　平

天荒地老一书生，求职频阳登崭城。
城北水流桥上下，城南稻藕湖水明。
山川起伏风水地，将相公侯帝王陵。
王翦铁骑南国统，贺龙挥刀东川征。

渭　城

薄雾轻烟笼南塬，春光洒满绿田园。
青青杨柳色鲜润，喋喋鹊鸦闹声喧。
阡陌纵横紫槐道，高楼林立商车奔。
古城经济飞猛进，面貌更新蓝天云。

自　我

一生两代一过客，处事做人无心违。
生活简单青衣素，清欢寡欲适时宜。
游山玩水景物观，海角天涯任我飞。
白日牌棋寻乐趣，夜来灯下诗笔提。

华山温泉

东城一片桃李花，争艳斗奇不相差。
渭水东流天边远，华山斜披七彩霞。
人生欢乐知多少，迟暮迎来好年华。
沐浴温泉身体爽，木房身卧茗香茶。

读史感怀

读书写诗岁序移，消磨时月白双眉。
人生一世荒野草，谁个英雄谁个泥。
贤达文人多寒士，公侯将相总惮懔。
烟尘风月一老叟，迟暮羞颜无作为。

霾

天昏地暗雾霾烟，漠漠风沙带春寒。
路上行人面难辨，物华生长遭摧残。
麻雀啾啾上下蹿，鹊鸦喳喳林木间。
出门行动不方便，闷坐楼台怨苍天。

中华郡

荆塬三月艳阳天，青绿红黄景色全。
吃喝玩耍样样有，人车相拥笑声欢。
男男女女声歌舞，灯火辉煌楼景观。
喜庆人民生活好，远胜改革开放前。

忆甥女

去年今日此时节，
甥女南山捧槐花。
甥女魂身远我去，
花开谁送老夫家。

清　明

寒食老家还，上坟拜祖先。
躬身双膝跪，珠泪滴碑前。
梦里时相见，常思两鬓斑。
生年苦受尽，日好你升天。

思　孙

不眠窗望月，东海西天明。
空屋二毛等，天涯一伶仃。
车声汽笛叫，犬吠鸡虫鸣。
不寐心思乱，披衣坐五更。

乌　鸦

夜来归家正就寝，窗外鹊鸦鸣梢林。
作伴弟兄无相约，一同赏月抚我心。
人生谁说友朋少，万物皆能作知音。
至老乐天知身命，识时欢乐自我寻。

渭堤漫步

云薄烟轻渭水田，垂丝杨柳藕荷莲。
河南河北绿一片，大道东西飞车穿。
乱虫出地鸣芳草，鸥鹭高起白云端。
风和日丽景色好，漫步悠悠身心爽。

晚春玩牌

晚春三对老夫妻，相聚高楼玩牌棋。
欢笑言谈从前事，茶香饭饱夕阳晖。
人生谁说无再少，你看零河尚能西。
正日春光无限好，趁时享乐好时期。

停电爬楼梯

八十老头实倒霉，腿伤久未去大街。
市场前去菜食买，断电梯停家怎回。
只得身爬倚拐杖，汗流满面爬楼台。
身已无力腿脚困，躺卧中庭茶一杯。

老来乐

山河景象新，陋室晚春珍。
架取诗书阅，字间味醉醇。
无思天地远，知足白发银。
衣素香茶饭，悠哉一平民。

荒年到富平

鸿雁南飞去，客身夜深沉。
仕途乱世阻，酷暑寒霜侵。
秋风落木下，冷雨湿衣襟。
西陆蝉声唱，有谁知我心。

夕 阳

夕阳晚照上纱窗，光满层林七彩霞。
两盆菊花素清雅，夫妻对坐磨闲牙。
晚年生活烦事少，衣食不愁喜心田。
名利远离身心乐，胜如叫卖东侯瓜。

回老家

鸡鸣晨起天放晴，日出东方光满城。
洁净市容花木盛，春风得意岁峥嵘。
老夫心喜精神爽，思想老家欢快行。
空气清新天色好，乡邻见面故土情。

姐弟回老家

烟花三月麦穗齐，一村尽见绿树围。
双飞檐下南归燕，五老家回笑白眉。
小院花开楼台坐，庭房亮丽光入扇。
走亲访友心欢喜，乐享晚年好时期。

梅

流落江湖无，家归陋室居。
无才仕官弃，离职故人疏。
日月催年老，雪梅白胡须。
情怀春不减，笔墨始当初。

按摩椅

家有按摩椅，远离世风波。
身康至为要，勿把子孙拖。
知足心常乐，窗闻雁高歌。
舒心日子过，岁月乐呵呵。

郊　游

出门郊外行，渭水远东流。
秦岭紫岚气，夕阳上高楼。
堤岸风绿柳，荷塘鱼叶游。
景观无相约，远处一沙鸥。

会故人

频阳故人看，多是白发颜。
此地一为别，流光三五年。
忆前话不断，言笑尽情欢。
时久都分散，白云远天边。

同学会

荒年离校后，同学会重逢。
相见道名姓，忆想昔日容。
东西南北地，四面八方工。
把酒言欢笑，尽多白发翁。

五丈原

羽扇英姿冠，千秋一圣贤。
出山一把火，坐镇三分天。
为政廉生畏，韬略谋乾坤。
可叹后主暗，灯尽难成全。

送　姊

高楼今日离，再见何时期。
大雁飞南北，参商各东西。
肠断心思去，秋风吹我衣。
一年多佳节，相见总日稀。

月夜静思

罢职老家还，凝情大自然。
烟尘不相问，欢乐度余年。
半世青衣素，一生天地宽。
窗前明月照，伴我白发颜。

退 职

生涯孤苦命蹉陀，途阻求生进班科。
高古星空明月照，处事做人心平和。
远离闹市归故里，少染是非少风波。
无事乡邻家常坐，悠然岁月闲适过。

梦在富平工作

恪守官场清，不通世路情。
辛劳事业敬，与世永无争。
心宽薄银俸，淡看利和名。
清欢日月去，来去一身轻。

感　时

滑城风雨过，杨柳色青新。
窗外双飞雁，高楼白发人。
四时景观赏，来往友朋亲。
昔日时荒废，晚年借流云。

华山・其一

初日东升天放晴，小桥流水长廊亭。
池塘打闹群鱼戏，芳草萋萋乱虫鸣。
不老华山五峰耸，开天辟地三河清。
中华儿女奋发进，万里江山日峥嵘。

注：三河指黄河、洛河、渭河。

华山 · 其二

三月华山庙会隆，
人车拥挤烟火红。
商铺进出货物棒，
来去人们欢笑容。

华山 · 其三

鸿雁高空笑，
酒楼歌乐弹。
人民生活好，
时代日中天。

思在富平工作·其一

北国三六年，
每日水土田。
身疲心劳碎，
发白老家还。

思在富平工作·其二

秋风庙府空屋寒，冷月崭城夜光残。
寂寞伶仃无人语，思娘何日老家还。
荒年衣食稀少短，寒窗一梦灰云烟。
求生无奈一小县，赢得薄薪几文钱。

远望南塬

南塬层绿田，秦岭薄云烟。
初日光清浅，斜阳满楼栏。

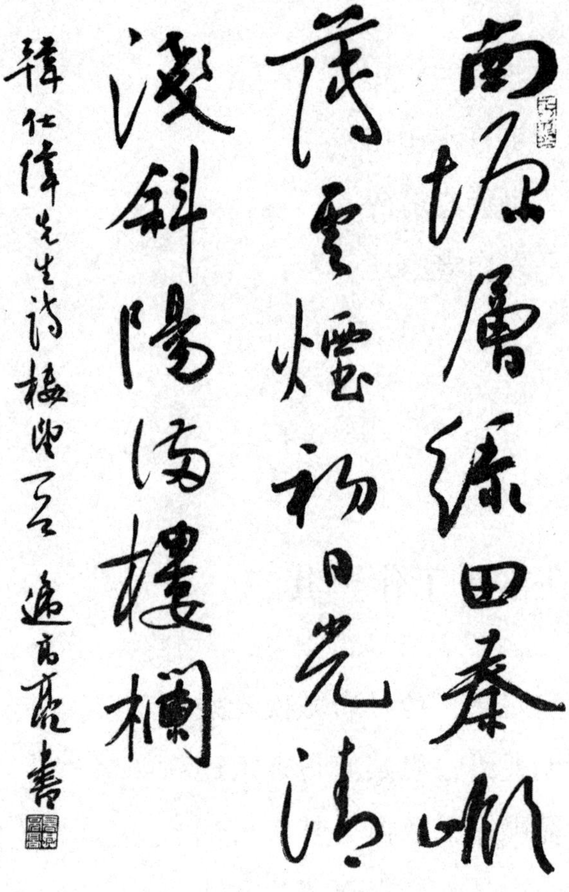

思母亲

明月寒星静无声，
思娘不寐到五更。
一生多是辛酸泪，
处事待人温暖情。

姊

西风渭水东流去，
年年佳节相见稀。
思想夜深难入睡，
二人尽染白双眉。

怀阮籍

出校初入世，时遭灾年荒。
命运时不济，天负少年狂。
长夜心声泪，整日九回肠。
仰天何从去，世路两茫茫。
谋生白两鬓，早日回家乡。
高古自我修，洁身三间房。
世事风云变，何苦去思量。
仕宦无作为，布衣心亮堂。
每日三餐饱，夜窗明月光。
淡静日月过，往事全都忘。

读史有感

贾谊长沙痛，屈原汨罗终。
渊明酒沉醉，李杜诗文穷。
人主远良栋，庸才入皇宫。
奸佞坐高堂，隐士庙敲钟。

楼　望

春红夏绿映天空，秋冬风雪南山峰。
一年四季好天气，风物四时景色浓。
放眼九州山河颂，遥看环宇白头翁。
茗茶书桌翰墨弄，漫步闲庭身从容。

晨 练

鸡鸣犬吠喇叭声，惊得老夫梦不成。
晴日光和天气好，出门健步南湖行。
新栽花木舍邻见，见面笑迎招手停。
地僻人和多谦厚，远胜宦市人间情。

同窗相见

相约同窗见，病身举步艰。
当年春日面，今日秋霜颜。
壮士怀天地，烟消两鬓斑。
点头挥手去，回首两茫然。

玩 牌

堂兄备饭茶，几老到他家。
怀归故人忆，皆多白发华。
玩牌欢乐趣，窗上夕阳霞。
待到中秋日，月圆看桂花。

一 天

夏日雨过白云天，清新空气燕高旋。
夫妻小区身体练，练罢小巷吃早餐。
回到书房诗词阅，午时躺卧电视看。
黄昏晚照楼景观，百事了无夜安眠。

家住·其一

春秋老家住，气温适时宜。
空气很清新，蓝天空鸟飞。
院栽花木树，晚照夕阳晖。
翘首南山望，心随天地移。

家住·其二

孟夏雨停后，渭城景象新。
绿肥草木旺，飞鸟往来频。
日落西天远，月升光无垠。
悠闲老夫子，安乐不知贫。

名 利

初日南山明，云烟四野行。
绿阴草木盛，万物意相生。
世上人间事，你抢他去争。
人心实难测，名利毁前程。

退 休

仕宦多年生乡愁，家归养老闲修身。
白天书读情怀古，夜晚时醒思春秋。
贤士诸多遭世弃，英雄多是荒野丘。
人生还是糊涂好，故土乡情明月收。

咏桂树

官场半世忙，退职三间房。
白昼南山看，夜来明月光。
院栽花木树，秋桂放清香。
洁净枝身素，轩然气宇昂。

秋　高

秋高气爽蓝天云，东日高楼鸟一群。
漫步园中石径路，清风芳草地绿茵。
老夫走错多少路，岁晚方知是何因。
处世做人明天地，了无一世自我真。

孙回国

初夏落红叶绿肥，茶余饭后上楼梯。
亭台稍有凉风意，杨柳斜阳景色奇。
老朽重来闹市住，吾孙回国全家齐。
一年几回天伦乐，有谁如我喜双眉。

练　步

腿伤练步南湖地，堤岸四周柳丝垂。
打闹群鱼水中戏，低飞双燕啄草泥。
清风石径脚步迈，千米走完我惊奇。
不觉开怀仰天笑，老来还有好时期。

倚楼观三秦

红日照晴空，长安宫连宫。
黄河九曲水，华岳五峦峰。
天府三秦地，物华士豪雄。
人文始初祖，高唱东方红。

时　变

四时轮回岁序移，迎来今日好时期。
人生四味俱尝尽，迟暮年华诗笔挥。
渭水滔滔东风起，黄河红浪与天齐。
乘风破浪与时进，锦绣山河飘红旗。

重回桃曲坡水库

“文革”初期进山沟，一来就是八春秋。
万人移土上百万，百日库成把兵收。
今日山青湖水绿，四面八方来客游。
老夫时觉心头愉，一点燕泥人间留。

公园纳凉

夕阳艳丽湖水漫，万里晴空半月悬。
夹道中槐绿荫重，南湖烟雨杨柳天。
乌鸦觅食曲石径，蜂蝶采蜜花蕊间。
芳草萎萎乱虫飞，清风林木飞鸟穿。

茶

清风凉夏暑，林木绿荫肥。
饮茶南窗坐，斜阳光影微。
修身习心性，怀古诗笔提。
坐地观天远，思绪任远飞。

孤　雁

霜天月冷风吹衣，
一雁声嘶无处归。
书读早知无有用，
何如耕地摇楼犁。

痛　感

长夜梦醒心思沉，白头快要寿终寝。
辛劳儿女身染疾，长大成人虎狼心。
思想人生不是味，轮回生死不由人。
咸阳今日看表姐，见面声哀泪满襟。

八一感怀

茫茫行路艰，九九满风烟。
冷屋残光暗，秋风明月寒。
一生一地去，出世仕途完。
命运前生定，何须怨苍天。

昆明池

晴日阳光灿，昆池游客多。
戏鱼闹芙藻，飞燕点清波。
烟柳游船过，浮萍蝶蛾飞。
湖光景色丽，男女放高歌。

夜不眠·其一

人老难入睡，披衣坐庭堂。
风吹帘影动，明月吐清辉。
思想从前事，痴愚尽都忘。
利名不相干，只要饭茶香。

夜不眠·其二

夜深不能眠，倚立危楼栏。
风韵响枝叶，鸟啼明月天。
世事知如是，无须自相煎。
早年万般苦，晚岁尽当欢。

大　雁

春秋南北飞，寒暑泥巢归。
亮日高歌唱，风霜声嘶微。
楼飞尽日见，檐下有谁知。
万物都如此，荣枯不足奇。

退休感怀

仕途受阻荒年灾，形役白眉老家回。
故土乡情今犹在，友邻相处总和谐。
风烟滚滚时空变，晚岁年华东风来。
万里山河惹人爱，清茶一杯花木栽。

三年三上华山

八十老翁豪情志，三上华山不为奇。
松涛波涌烟云海，千尺百峡老君犁。
谁说老来日无几，坐云腾雾白双眉。
山河不老日月好，趁时享乐莫迟疑。

麦熟归乡

芒种麦穗黄，端午吃新粮。
林木绿肥壮，满村红砖房。
正午中庭卧，晚来月窗凉。
乡邻忙罢坐，日月论短长。

月夜无眠

途阻荒年岁月辛，老来故里做平民。
一年三百六十日，闲弄雕虫笔诗文。
枕上无思心平静，窗看明月光无垠。
清新空气人长寿，村里多人过八旬。

麻 雀

麻雀草丛来去忙，东张西望头频扬。
行人脚步惊飞起，乱树绿荫深处藏。
出校谋生偏城困，一年四季忙断肠。
青春酷暑雪霜去，孤苦伶仃冷月床。

建 坟

人生七十古来稀，今日八旬白须眉。
营造东丘随风俗，乐天知命夕阳微。
乡邻友好茶一杯，远望南山白云飞。
自掘坟冢自我笑，生年多少是归期。

携姊亲四人游太白

熏风细雨仲夏天，西出长安渭水田。
太白阴阳割南北，乱云滚动叠峰峦。
竹墙庭院花木鲜，亭阁木房泡温泉。
谁说黄昏夕阳晚，四老玩牌乐悠闲。

老　家

青青玉竹南墙看，红白樱花早迎春。
妖艳牡丹参天杏，桂花开放香四邻。
一年四季花不断，空气清新宜住人。
院坐品茶南山望，相陪院树鸟音频。

秋爽

九月天高气清爽，云升光漏影窗留。鹊鸦来去房前后，麻雀群飞树枝头。
秦岭紫岚云烟薄，三秦古道人车流。无忧无虑日月过，乐天悠地把身修。

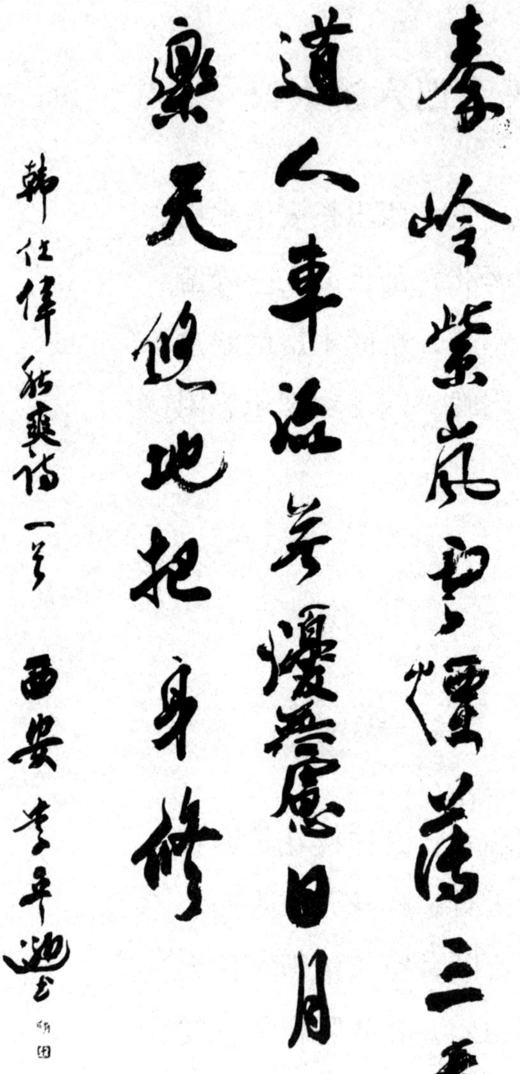

眉县宿科研站

月季花开珠露沁，夕阳晚照花木深。
萋萋芳草洁净地，滟滟裙榴玉竹林。
湖中鱼儿叶下戏，亭台飞鸟空好音。
无思漫步景物赏，浮想联翩诗书吟。

三　秦

黄河南北穿，
秦岭横东西。
两统中华地，
人文始祖基。

楼观·其一

天高光色浅，云乱南峰巅。
田野禾苗秀，楼林薄烟飘。
乱虫鸣芳草，飞鸟叫窗前。
天地如今好，老夫惜残年。

楼观·其二

初日东升光满楼，南山紫气白云浮。
花间蜂蝶枝叶舞，房前麻雀声啾啾。
芳草绿荫秦古道，坝堤烟柳东风收。
晚年还有好光景，知足老夫复何求。

华山清心酒店

染病老夫腿脚寒，清心酒店泡温泉。
桂花香飘屋庭院，杨柳绿围湖周边。
鸟语竹林迎客到，湖光掠影峰叠峦。
回廊九曲亭台榭，流水高山空音弹。

大明宫

珠泪大明宫，血腥玄武门。
只为谋权位，骨肉情不论。
封建王朝史，诸多尽冤魂。
勾心无宁日，何胜乡野民。

甥女亡故一年

去年日午还未寝，山里突传噩耗音。
头重脚轻魂天外，黑毛伤透白发心。
生前甥舅命相牵，疼爱相加感情深。
倚立楼栏白云望，白头无语泪沾襟。

莲　藕

芳草青青柳色新，花红叶绿喜迎人。
身藏地下人不识，出于污泥不染尘。
暗日池中自生长，虚心节直色清纯。
世人皆夸牡丹艳，吾爱藕莲素心身。

月夜感怀

南窗明月光，照我蕈空床。
长夜不能寐，披衣坐思量。
少年志狂傲，行事多荒唐。
至老修身性，每日书庭堂。

泡温泉

竹墙飞鸟喜迎客，木屋温泉白头翁。
亭阁长廊花木盛，乱云滚动南山峰。
时迁境过西风去，生世不言富和穷。
晚岁但求身康健，晏如白纸老始终。

返 富

风烟半世望湖楼，
湖没时迁变新图。
三十六年醉梦里，
月圆十五笑中秋。

居家有感

一生半世身自由，五柳七松白云游。
玉竹空心时永久，玉兰花白洁桂秋。
村落绿围禾苗秀，清风明月四时收。
粗茶淡饭人长寿，百事了无身外求。

荆塬感怀

荷塘绿水千丝柳，林木茂密荆塬秋。
成对喜鹊叫喳喳，群飞麻雀语啾啾。
归客归来思量久，谋生此地身置留。
穷山恶水辛劳苦，天地良心一老头。

楼　屋

城西突出一栋楼，南北通明景色浓。
秋日隔窗望明月，夏天北牖来清风。
春花齐放色鲜艳，冬雪绵延南山峰。
四季光阴长如晏，悠闲自在白头翁。

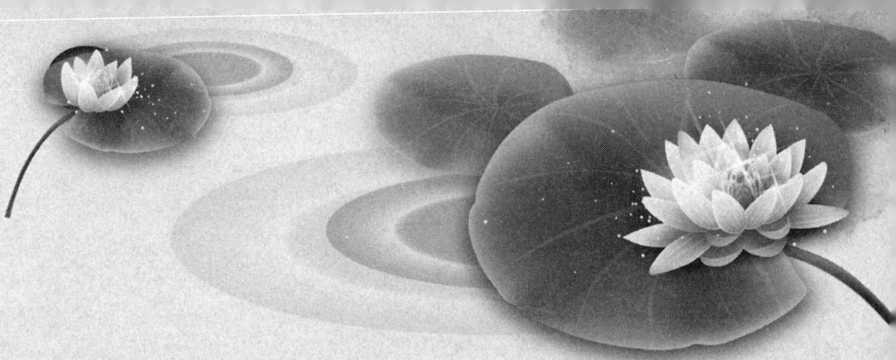

词

流年渐觉时光短

玉楼春·时变

东风渭水绿两岸，烟柳雪花球影乱。乍寒乍暖三月天，勤奋工人流大汗。

山河不老时空变，岁月风流空烂漫。科学技术世争光，人民生活阳光灿。

诉衷情

沙堤烟柳千丝垂，碧草藕荷池。西风渭水东去，往事再勿提。

秋未尽，雁高飞，不思归。夕阳真好，心爽神怡，一个白眉。

人月圆·老居家

桂花皎洁和珠露，非是寻常树。移栽庭院老夫珍，日月消长情结自相亲。

花开香散房前后，香气时久永。秋光正午满庭堂，青竹一排玉兰出南墙。

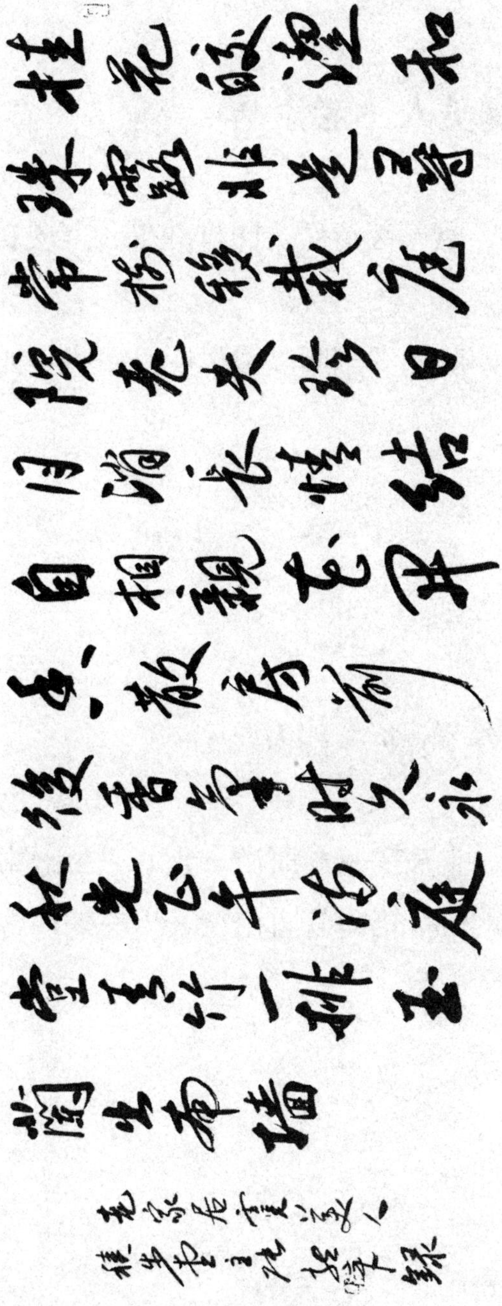

虞美人·老家居

移居家住红尘断，空气甚清新。同村老少，言谈欢笑，乡土情深。

杯茶自酌南山看，晚照夕阳晖。清风明月，一年四季，了是非。

浣溪沙·四乐

客路仕途白了头，良辰美景趁时游。赏心乐事老来收。

顺应自然上天意，方能活得身自由。人生至老勿贪求。

临江仙·腊八

不寐吟诗歌佳节，病身到了年终。时光来去总匆匆，渭水东流去，往事皆成空。

半世风尘一老叟，暮年日月从容。粗茶淡饭味香浓，楼窗明月照，如吾白头翁。

鹧鸪天·其一

黄土高原天四垂，他乡作客无作为。官场出入少谋策，职事但求心不违。

麻雀闹，雁高飞，西风叶落二毛稀。一年四季田间里，酷暑严寒无有期。

鹧鸪天·其二

每日轮椅景物观，长安大道人车欢。灰云残雪恼双眼，酒吧流光笙乐弹。

长夜梦，昼难安，南山脚下摧心肝。春花秋月清溪泉，竹桂玉兰屋三间。

鹧鸪天·其三

躺卧病床白发人，风烟尘世过八旬。退休交往少亲朋，寂寞无聊弄纸文。

茶自酌，事不闻，夕阳楼角晚黄昏。老夫已是百事了，雪路无尽懒出门。

鹧鸪天·楼观

白发三千岁平安，无忧无虑醉心肝。天涯海角都游遍，谁个能如我老韩。

茶七碗，饭三餐，楼栏倚立白云观。窗前来去双飞雁，纵目了然天地宽。

渔家傲·病思老家

楼望家乡勾月起，思归腿断坏身体。相伴每日毫素纸，时光易，诗书堆里寻欢慰。

晚照高楼光祥瑞，良辰美景不思睡。何日病除随心意，身心许，香甜渴饮家乡水。

清平乐

春光灿烂，千树桐花艳。老朽每日去晨练，日月渭城时变。

三秦古道东风，吹开百花争妍。千古物华天府，如今昌盛兴隆。

玉楼春·雾霾

高楼冬日黄红半，烟雾灰尘天色暗。此情此景实难看，惹得老夫心意乱。

流年渐觉时光短，今又身伤腿折断。病床日月何时完，还我自由行动便。

鹧鸪天·咖啡街

七彩流光照四围，笙歌曼舞鼓乐吹。休闲落座老夫子，沉醉夜深忘却归。

星四海，月光移，高山流水好时期。人生有老天不老，欢乐晚年夕阳辉。

浣溪沙·孙去美国

冷屋空房白发银，别离总易愁肠断。千言万语点行频。

数九寒天痛难忍，山川极目远白云。放心不下是吾孙。

临江仙·忆同学会

猛忆昔年同学会，带来无限欢娱。别来身老见稀疏，东西南北住，年岁尽桑榆。

冬日夜长时做梦，重逢欢度江湖。言谈喜笑景如初，梦醒人不见，一个白头翁。

虞美人·冬雪

桑榆已是黄昏近，叶落西风晚。荒唐岁月白辛劳，时过境迁莫要发牢骚。

浮生至老总还好，瑞雪长安道。每日茶水自来烧，生活自如淡静亦逍遥。

玉楼春·回富忆初

辛劳三十尘土路，袜履田间陋室住。一年四季水渠修，酷暑风霜日暮迟。

人生几个春秋度，家中老小不能顾。苦闷忧思心难舒，寂寞无聊诗书读。

浣溪沙·思孙

雪夜长长长几更，三冬九九久不晴。人间最怕离别情。

在外当心莫任性，修完学业早归程。勿忘月是家乡明。

减字木兰花·病身楼望

倚楼望雪，一片银光双目悦。空气清新，风动云飘迎新春。

老夫心喜，但觉春来天色美。思想云游，忘却身残不自由。

浣溪沙

长夜难明不安眠，风霜雪打五更天。老夫染病心头煎。
行动不便长短叹，雪停日出倚楼栏。游云望断远天边。

浣溪沙·冬日高楼

冬日朝阳光满楼，晴空万里白云游。雀鸦来去好自由。
闲坐南窗景物观，长安大道岁月稠。渭水东风天地收。

玉楼春·清明

渭城一夜清明雨，滴打韩村梧桐树。云低天暗一白头，魂断泪流双亲墓。

华人奠祖成制度，节日人车挤满路。纸钱果实坟桌供，思亲断肠谁个诉。

浣溪沙·惜春

雪水消痕春意来，柳枝花蕊半芽开。年增日少白毛催。

谁说老夫春不再，留云借月书为媒。倚坐南窗茶一杯。

玉楼春

两朝过客无留物，不干春风和秋月。赢来今日白双眉，迟暮宽心史书阅。

立春正午日光热，目送窗前银白雪。老夫偶尔诗情发，怀古思幽亦快活。

浣溪沙·回老家

家过幽王烽火台，褒妃一笑尽尘埃。红颜多是王朝灾。

操守修身是为诚，齐家亦应记心怀。处邻待友应和谐。

浣溪沙·去美国

至老病身远天边，美洲万里一日还。举家异国团圆年。
风云变化世莫测，日月如今变新天。富强科学谁占先。

浣溪沙·在美国与家人共度除夕

人生何处不相逢，他乡老少情意浓。举杯祖国山河红。
茶食香甜家乡味，言欢莫叫金樽空。华人今夜喜庆同。

临江仙·异国度除夕

异国他乡除夕送，天涯岁月匆匆。西方没有东方红，江边阴影重，海浪满窗风。

春夏秋冬随意纵，安然淡静年终。黄昏岁月亦从容，举家茶食共，言笑白头翁。

浣溪沙·返富思前

三十三年纸醉迷，倏忽百岁无有几。人生只好天公随。

鸣鸟知音高树上，野花不种自芳菲。老夫今乐不为奇。

鹧鸪天

冬日楼台窗透红，轻烟薄雾南山峰。一群麻雀鸣啾啾，古道人车总匆匆。

书墨弄，白头翁，清欢自在耳目聪。空房难困情怀志，借月留云在用功。

中吕·阳春曲

知时识世早身退，生活简单自我珍，清风明月茶香醇。名利亡，乾坤一平民。

老来常有故人顾，见面寒暄多白头，诗书丛里览春秋。无所求，淡静把身修。

诉衷情·拉家常

同居一室养天年，闲坐话从前。光阴岁月如梭，风雪两鬓斑。

时代变，有吃穿，不缺钱。有谁个说，昔日穷酸，至老福甜。

木兰花·月夜思浮生

春花凋落秋草黄，命中注定无鱼钓。鸡鸣梦破五更寒，事业无为人苍老。

细思非是科班料，早日退休是为好。家居清静花木栽，明月清风少烦恼。

忆王孙·荒年来富

谋生形役力不禁，世事荒年乱我心。举步艰难岁月记。夜来临。高树秋蝉鸣哀音。

太常引

情知到此一生完。把手问苍天，欺我为哪般。明月夜，西风泪干。

寒窗空守，青春辜负。北客影子单，人见面无颜。高声叹，满腹辛酸。

清平乐·雨打樱花

清晨闲转，天边浓云乱。还见广场人身练，老头甚是慕羡。

刹时暴雨狂风，樱花一地泥红。天气阴晴难料，不知何日岁终。

清平乐·返富

阳光灿烂，一字北归雁。倚立楼栏惊声叹，今日古城天变。

一生一地春秋，重回归地来游。湖岸故人相见，言欢多是白头。

玉楼春

烟花三月阳光灿，桃李春风色潋滟。洁白玉兰樱花妍，风送梨花香四散。

菜花一片游人观，万树桐花红烂漫。莫言鸡晓百日年，老朽惜春书墨翰。

破阵子·渭城

雨后斜阳渭城，市容洁净无尘。八百里秦川奋进，三杰家乡日月新。繁荣惊鬼神。

渭水滔声怒吼，三秦古道飞轮。改革带来新气象，绿水蓝天和白云。人民喜乐津。

玉楼春·富平遇熟人

一生一地荒唐度，踏遍富平尘土地。身留一点好声誉。退职熟人常来去。

花开花落风霜露，三十多年忙公务。仰天俯地白鬓须。心适淡静黄泉路。

清平乐·立夏

雨停云散，一字高飞燕。立夏迎来十日旱，庄稼丰收仓满。

中央政策兴农，田间禾木葱葱。获得丰衣足食，农民喜在心中。

浣溪沙·渭城新貌

迟暮年华耳不灵，邻家鸡吠叫窗明，雨停云散天放晴。

树绿花红景物盛，朝阳光满渭新城，山河美好岁峥嵘。

浣溪沙·思母

星月无光夜色寒，思想往事心内酸，母亲为我早归天。

遗像面前呆立站，中庭暗淡灯光残，白头思母泪涟涟。

蝶恋花·梦母弟

思想亲人何处去。母子三人，昨夜梦中遇。身影模糊都不语，泪流心痛无人诉。

长夜难明又思父，给我一生，总是烟云雾。孤苦伶仃走错路，荒唐日月艰难度。

临江仙·端午

端午长安放晴，阳光亮丽晶莹。白云风定南山明，清新空气鲜，飞鸟叶空鸣。

独立楼栏纵目望，古城今日峥嵘。高楼林立路纵横，人民生活好，经济更繁荣。

玉楼春·渭城新貌

渭城雨后阳光灿，东日高楼西月半。清风杨柳白云天，台榭南湖水漫漫。

三贤故里面貌变，地变天翻人惊叹。山河欢笑岁月新，万里晴空高飞雁。

蝶恋花·荆塬思前

途阻荒年时不顺。苦辣酸甜，无有人来问。空屋冷床身心困，雪窗白纸风阵阵。

春去秋来岁月匆，生世无为，总是乱方寸。发白泉台路日近，寂寞无聊诗歌韵。

采桑子·秋

平生最爱秋光好，万里无云。田野耕耘，果实丰收喜农民。

中秋过后重阳到，金桂香醇。秋菊时闻，沉醉悠闲白发银。

蝶恋花·秋思

倚立楼栏风细细，景色明媚，祥瑞远天际。草木青青绿临渭，古城秋日人陶醉。

昔日往事人追忆，今个时期，美好人人誉。不想从前黄土地，但看今日风景异。

渔家傲·五丈原思身

三顾茅庐身感动，两朝开济国梁栋。千古奇才人称颂。国难统，六出祁山成空梦。

思我薄才难堪用，年华失去心沉痛。何不早先耕地种。心放纵，清风明月常年共。

蝶恋花·家住

秋日天高光满院，深绿冬青，金桂花香漫。玉竹墙头迎人看，一株银杏参天半。

独坐凉台生计算，名利浮云，失意仕途断。明月清风将我唤，悠闲漫步田间转。

采桑子·同学会

多年别校时光远，相见辨容。尽是衰翁，招手点头打身躬。

举杯互祝身康健，莫悔初衷。过好岁终，他日来年再重逢。

浣溪沙·秋日雨过

雨过秋高洁少尘，南湖亮丽绿波纹，晴空万里蓝天云。

两盆菊花色清鲜，中庭书坐笔墨耕，清欢自在白发人。

清平乐·古道

天高气爽，倚立南窗望。秋色连波绿林浪，貌变古城新样。

三秦古道物流，畅通环宇各州。今日东方狮吼，超前只是时候。

中吕宫·年老

鸡叫纱窗晓，叫醒床上一老。从前事儿莫去想，人间愁恨都忘了。

忧思定是惹烦恼，何苦自遭绕，晚年但求茶饭饱。清晨起早，漫步田间草。

捣练子·雾霾降温

黄叶地，暗云天。雾霾今年又眼前。鸿雁南归声嘶嘶，秋风凛冽肌骨寒。

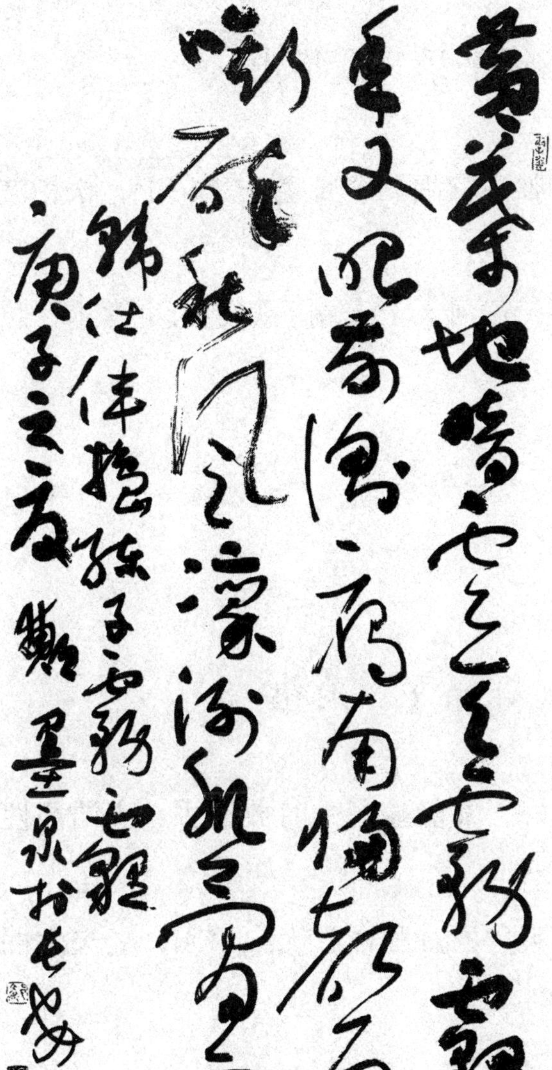

清平乐·登华山

秋高气爽，飞雁高歌唱。今日老夫华岳上，松柏波涛云浪。

东风换了人间，黄河天上云端。知足人生常乐，瞭望天地心宽。

采桑子·菊花

百花最是菊花好，文静端庄，时放清香，高洁品性傲雪霜。

秋日晴空景色爽，岁月和祥，无限夕阳，老夫生性亦好强。

西江月·初到富平工作

书读雄心一颗，笔端万里山河。荒年途阻时蹉跎，谁识白丁哪个。

明月寒星窗过，苍天负我为何。无聊寂寞岁月磨，冷屋思娘泪坐。

蝶恋花

庙府高深房破归。庭院乱飞，麻雀老槐树。谋职身留县衙署，伶仃孤苦无人语。

长夜难眠思无数，怨恨苍天，谁把我身误？无奈灯花出诗句，寒窗冷月暗度。

清平乐·华阴清心温泉

秋高云散，湖水流光滟。池岸丝丝垂柳半，水榭亭台日暖。

华山叠嶂峰峦，黄河九曲龙盘。庭院风光真好，老夫沐浴温泉。

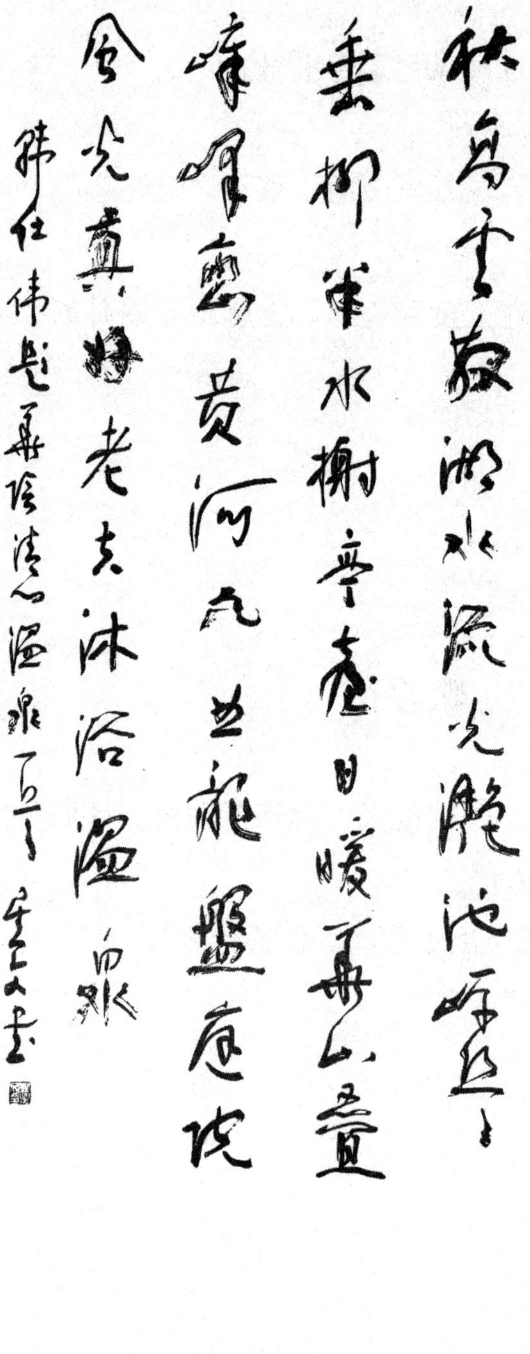

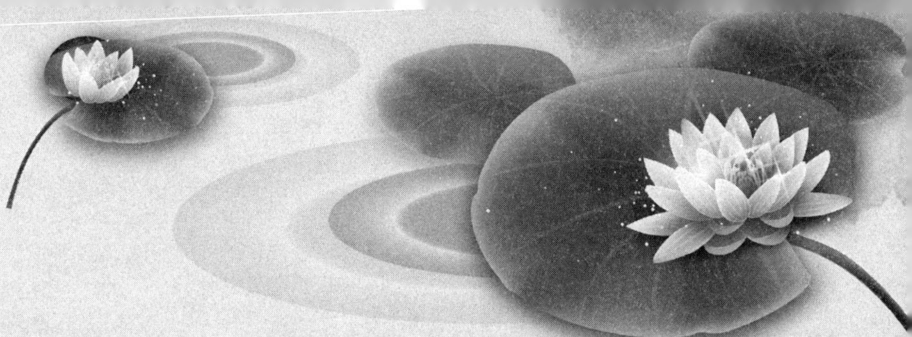

「散文」

冰心玉壶老头

乡 归

仔仔伶仃，怅怅客乡。谋生就职庙府城，混日磨时四十年。耗青春之鬓斑，倾长河之泪干。俯仰天地之无为兮，面对先祖之汗颜兮。然知得失之所在，明处事做人之艰。劳身力忙田野而心干兮。望日月心坦然而无悔兮。罢职形役身悠闲，遥望明月把家还。睹自然山川之壮观，揽神州风云之中天。乡邻相见说不完，相处和谐都姓韩。

忆 生

予少性野，时多辍学，街巷戏玩。家母时严，跪打教训，无改似前。岂料八岁，横遭厄运，父病归天。母痛性坚，更加严厉，醒悟心燃。知母伤痛，收心始学，名著遍读。遂心胸而开阔，宏天地之志起。学完谁料逢荒年，知识无用霜露寒。花未开而风落，时未见而日没。冥冥大地，茫茫苍天。哀己之命穷，伤娘之心田。

BIGARD

重上华山

八旬老秋，形骸骨松。每日四事，茶饭书素。伏日来临，酷暑难当。约亲朋四老，登华山一游。车出长安城，红云日当头。乘缆车，划深谷。穿白云，三仙台。踏石径，西峰巅。众游客，招手笑，拇指竖。立西岳之巅，望云海之壮观。目山势之峻险，观松柏之波涛，听黄河之咆哮。华岳华夏中央，割南北山河之气象阴阳，横东西陆海之天池尤宫。怅寥廓。三秦地，人杰地灵，天府之国。十三朝古都，文化源远流长。渊华夏之人文初祖，岁九州两统之圣地。壮哉，吾乡也。

多年前和吾女上泰山拍照留念。

闲居自乐

深巷幽境一高楼，少了应酬，又无烦忧。自然景观双目收。渭水东流，秦岭云游，麻雀啾啾，鸿雁去留，南塬林木绿荫稠。生来高古傲公侯，形役少谋，断了仕途。风尘浪迹几周秋。名利无求，职尽身修。懒散自由，岁月悠悠。冰心玉壶白老头。

晚　年

陋巷身居，清静门闭身藏。一日三餐，可口适胃润肠。一壶茗茶，清心寡欲甜香。一支香烟，神魂颠倒飘扬。无忧无虑，万事不去思量。望月观日，寄情诗文华章。烟雨风尘，过往一切全忘。不知为了什么，身退心静下来，反而思之更多，明白了许多。活着还有阳光。